AF335797

VENTE
HOTEL DROUOT, SALLE N° 10
Du Samedi 27 Février 1909

à deux heures précises

Livres Modernes

ESTAMPES DU XVIIIe SIÈCLE

COMMISSAIRE-PRISEUR

Me ANDRÉ DESVOUGES

EXPERTS

M. A. DUREL, Libraire

MM. PAULME & B. LASQUIN FILS

CATALOGUE

DES

Livres Modernes

ESTAMPES DU XVIIIᵉ SIÈCLE

ESTAMPES MODERNES — DESSINS

DONT LA VENTE AURA LIEU

HOTEL DES COMMISSAIRES-PRISEURS, Rue Drouot, n° 9

SALLE N° 10

LE SAMEDI 27 FÉVRIER 1909

A DEUX HEURES PRÉCISES

COMMISSAIRE-PRISEUR

Mᵉ ANDRÉ DESVOUGES, 26, rue de la Grange-Batelière

Successeur de M. Maurice DELESTRE

EXPERTS

Pour les Livres :	*Pour les Estampes :*
M. A. DUREL, Libraire	**MM. PAULME & B. LASQUIN FILS**
21, rue de l'Ancienne-Comédie	10, rue Chauchat | 12, rue Laffitte

Chez lesquels se distribue le présent catalogue

CONDITIONS DE LA VENTE

Elle sera faite au comptant.

Les adjudicataires paieront *dix pour cent* en sus des enchères.

Les livres devront être collationnés dans les vingt-quatre heures ; passé ce délai, ils ne seront repris pour aucune cause.

Les Experts se chargeront, aux conditions d'usage, de remplir les commissions des personnes ne pouvant assister à la Vente.

ORDRE DE LA VACATION

Numéros. . . . . 39 à 72
Numéros. . . . . 1 à 38
Numéros. . . . . 73 à 177

Paris. — Imp. de l'Art. Ch. Berger, 41, rue de la Victoire.

DÉSIGNATION

LIVRES

1 — **Almanach royal**, année bissextile 1764, in-8, mar. rouge, dos orné de fleurs de lys, dent. sur les plats et fleurs de lys aux angles, gardes de papier doré, tr. dor. (*Rel. anc.*).

Exemplaire aux armes du **Prince de Condé**.

2 — **Almanach royal**, année 1775. *Paris*, 1775, in-8, mar. rouge, dos orné de fleurs de lys, large dent. sur les plats, doublé et gardes de tabis, tr. dor. (*Rel. anc.*).

Exemplaire aux armes du **Duc de Choiseul**.

3 — **Antar**. Poème héroïque arabe, d'après la traduction de Marcel Devic. Illustrations en couleurs de E. Dinet. *Paris, H. Piazza et Cⁱᵉ*, 1898, in-4, br., couv. illustr. en coul.

Tiré à 300 exemplaires numérotés (n° 243). — L'un des 230 sur papier vélin des Vosges à la cuve, fabriqué spécialement pour l'édition.

4 — **Bouchot** (Henri). Catherine de Médicis. Illustrations d'après des documents contemporains. *Paris, J. Boussod, Manzi, Joyant et Cⁱᵉ*, 1899, in-4, br., couv., étui.

L'un des 200 exemplaires tirés sur **papier du Japon** (n° CI), avec double suite des planches. Frontispice en couleurs.

5 — **Bourget** (Paul). Cosmopolis, roman. Illustré d'aquarelles, par Duez, Jeanniot et Myrbach. *Paris, Lemerre,* 1893, in-8, br.

> Édition originale, avec la couvertute illustrée en couleurs.

6 — **Bourget** (Paul). La Duchesse Bleue. *Paris, A. Lemerre,* 1898, in-12, br.

> Édition originale, avec la couverture.
> L'un des 5o exemplaires tirés sur **papier de Hollande** (nº 14).

7 — **Coppée** (François). Le Passant, comédie en un acte, en vers. Reproduction en fac-similé du manuscrit de l'auteur et d'une page de musique de J. Massenet. Compositions de Louis-Edouard Fournier, eaux-fortes de Léon Boisson. *Paris, A. Magnier,* 1897, gr. in-8, br., couv. illustr.

> De la Collection des Dix.
> Tiré à 3oo exemplaires numérotés (nº 132). — L'un des 9ó sur papier vélin de cuve, avec double suite des eaux-fortes.

8 — **Coppée** (François). Severo Torelli, drame en cinq actes, en vers. *Paris, Lemerre,* 1884, in-4, pap. vergé, titre r. et n., br.

> Édition originale, avec la couverture.

9 — **Corneille** (Pierre). Théâtre. Texte de 1682, avec notice et notes, par Alphonse Pauly. *Paris, A. Lemerre, s. d.,* 8 vol. pet. in-12, portr. à l'eau-forte par A. Mongin, br., couv.

> L'un des 5o exemplaires tirés sur **papier Whatman** (nº 14), avec double épreuve du portrait, en noir et en bistre.

10 — **Courteline** (Georges). La Vie de Caserne. Compositions originales de Henry Dupray, gravées sur bois par Romagnol. Eaux-fortes hors texte en couleurs,

gravées par Massé. *Paris, A. Magnier*, 1896, gr. in-8,
br., couv. illustr. en coul.

> L'un des 30 exemplaires tirés sur **papier de Chine** 59,
> avec une triple suite des eaux-fortes, dont l'eau-forte pure
> avec remarques.

11 — **Courteline** (Georges). La Vie de Caserne. Le
Train de 8 h. 47. Illustrations en couleurs d'Albert
Guillaume. *Paris, E. Flammarion, s. d.,* gr. in-8,
br., couv. illustr. en coul.

12 — **Douglas** (Robert). Sophie Arnould. Traduit par
Charles Grolleau. Compositions par Ad. Lalauze.
Paris, Ch. Carrington, 1898, in-8, couv. illustr.

> Tiré à 423 exemplaires numérotés (n° 7).
> L'un des 300 sur **papier de Hollande.**

13 — **Dreyfus** (Alfred). Cinq années de ma vie (1894-
1899). *Paris, E. Fasquelle,* 1901, in-8, br.

> Edition originale, avec la couverture.
> L'un des 50 exemplaires tirés sur **papier du Japon** (n° 12).

14 — **Dreyfus** (Affaire). Reinach (Joseph). Histoire de
l'Affaire Dreyfus. Le Procès de 1894. *Paris, éditions
de la Revue Blanche,* 1901, in-8, br.

> L'un des 30 exemplaires tirés sur **papier de Hollande**
> (n° 22).

15 — **Dreyfus** (l'Affaire). 5 vol. in-8, br., couv.

> Le Procès Zola, 2 vol. — La Revision du Procès Dreyfus.
> Débats de la Cour de Cassation, 3 vol.

16 — **Dumas** (Alex.). Les Trois Mousquetaires, avec
une lettre d'Alexandre Dumas fils. Compositions de
Maurice Leloir, gravures sur bois de J. Huyot.
Paris, Calmann-Lévy, 1894, 2 vol. in-4, br., couv.
illust.

> Exemplaire de premier tirage.

17 — **Dumas fils** (Alex.). La Dame aux Camélias, préface de J. Janin et nouvelle préface inédite de l'auteur. Illustrations de A. Lynch. *Paris, Quantin, s. d.,* in-4, front. en couleur, gravé par Gaujean, en-têtes de chapitres en héliogravure tirés en taille-douce dans des tons variés, et eaux-fortes hors texte grav. par Champollion et Massé, br. couv.

18 — **Esparbès** (Georges). La Légende de l'Aigle. Compositions de François Thévenot, gravés par Florian et Romagnol. *Paris, Librairie de la Collection des Dix, A. Romagnol, Directeur,* 1901, gr. in-8, br., couv. illust.

> Tiré à 350 exemplaires numérotés (n° 62).
> L'un des 35 sur **papier du Japon** à la forme contenant le tirage à part sur Japon de tous les bois.

19 — **Fénélon.** Les Aventures de Télémaque, fils d'Ulysse, par M. de Fénélon. Imprimé par ordre du Roi, pour l'éducation de Monseigneur le Dauphin. *Paris, Didot l'ainé,* 1783, 2 vol. in-4, pap. vél., fig., mar. rouge, dos ornés, 3 fil. et ornem. aux angles sur les plats, doublés et gardes de tabis, tr. dor. *(Rel. anc.)*

> Ouvrage orné de 72 figures de Monnet, gravées par Tilliard.
> Reliure fatiguée.

20 — **Flaubert** (Gustave). Mémoires d'un Fou. Roman. *Paris, H. Floury,* 1901, in-8, portrait, br., couv.

> Edition originale tirée à 100 exemplaires, dont 50 seulement mis dans le commerce.
> Exemplaire sur **papier du Japon**, à la forme (n° 11), avec double épreuve du portrait.

21 — **Flaubert** (Gustave). Salammbô. 45 compositions de Georges Rochegrosse, gravées à l'eau-forte par

Champollion, préface par Léon Hennique. *Paris,
A. Ferroud*, 1900, 2 vol. gr. in-8, br., couv. illust.

> L'un des 50 exemplaires tirés sur **papier du Japon,**
> avec 2 états des eaux-fortes, eaux-fortes terminées avant la
> lettre avec remarques et eaux-fortes avec la lettre.

22 — **France** (Anatole). L'Affaire Crainquebille.
62 compositions de Steinlen, par Deloche, E. et F.
Florian, les deux Froment, Gustave Mathieu et Per-
richon. *Paris, Edouard Pelletan*, 1901, gr. in-8,
br., couv.

> Un des exemplaires sur papier vélin à la cuve des pape-
> teries du Marais (n° 239).

23 — **France** (Anatole). Le Lys rouge. Compositions
de A.-F. Gorguet, gravées sur bois par Desmoulins,
Dutheil, Romagnol, et en couleurs par Ch. Thévenin,
*Paris, Librairie de la Collection des Dix. A. Roma-
gnol, éditeur*, 1903, gr. in-8, br. couv.

> Tiré à 275 exemplaires (n° 241).
> Exemplaire sur papier vélin d'Arches, avec l'état terminé
> avant la lettre des planches hors texte.

24 — **France** (Anatole). Pierre Nozière. *Paris, A. Lemerre*, 1899, in-12, br.

> Edition originale, avec la couverture.
> L'un des 100 exemplaires tirés sur **papier de Hollande**
> (n° 39).

25 — **France** (Anatole). Le Procurateur de Judée, avec
quatorze compositions d'Eugène Grasset, gravées par
Ernest Florian. *Paris, E. Pelletan*, 1902, pet. in-4,
br., couv.

> Tiré à 400 exemplaires numérotés (n° 228).
> L'un des 368 sur papier vélin à la forme des papeteries
> du Marais.

26 — **France** (Anatole). Thaïs. Compositions de Paul-

Albert Laurens, gravures à l'eau-forte de Léon Boisson. *Paris*, *Librairie de la Collection des Dix.
A. Romagnol*, 1900, gr. in-8, br., couv. illust.

> De la Collection des Dix.
> Tiré à 300 exemplaires numérotés (n° 22).
> L'un des 20 sur **papier de Chine**, contenant trois états
> des illustrations du texte et quatre états des illustrations
> hors texte, gravées à l'eau-forte.

27 — **Gautier** (Théophile). Fortunio. Réimpression
textuelle de l'édition originale. Vingt-quatre litho-
graphies en couleurs, de A. Lunois. *Paris, Librairie
des bibliophiles*, 1898, in-4, br., couv.

28 — **Gautier** (Théophile). La Mille et Deuxième nuit,
illustrée de neuf compositions par Ad. Lalauze,
préface par L. Gastine. *Paris, A. Ferroud*, 1898,
in-8, br., couv. illust.

> Exemplaire tiré sur **papier du Japon** (n° 36), contenant
> les eaux-fortes en trois états dont l'eau-forte pure avec
> remarques.

29 — **Goncourt** (E. de). La Fille Elisa. Compositions et
eaux-fortes originales de Georges Jeanniot. *Paris,
E. Testard*, 1895, gr. in-8, br., couv. illust.

> De la Collection des Dix.
> L'un des 38 exemplaires tirés sur **papier de Chine**,
> contenant un tirage à part des illustrations du texte. et une
> quadruple suite des eaux-fortes.

30 —**Hamilton** (Ant.). Mémoires du comte de Gram-
mont, 1 portrait de A. Hamilton et 33 compositions
de C. Delort, gravées au burin et à l'eau-forte par
L. Boisson, préface de H. Gausseron. *Paris, L. Conquet*, 1888, gr. in-8, pap. vél. du Marais, br., couv.

> Tiré à 700 exemplaires numérotés (n° 672).

31 — **Havard** (H.). L'Art dans la Maison (Grammaire

de l'ameublement). Illustrations de MM. Corroyer, C. David, E. Prignot, Favier, Fichot, Ch. Goutzwiller, Kauffmann, P. Laurent, Mikel, H. Toussaint, E. Bayard, Scott, Lancelot, etc. *Paris, Rouveyre, et Blond*, 1884, in-4, pap. vél., nombr. fig. dans le texte et planches hors texte, en noir et en couleurs, br., couv.

32 — **Havard** (Henry). Dictionnaire de l'Ameublement et de la Décoration, depuis le xiiie siècle jusqu'à nos jours. Ouvrage illustré de 256 planches hors texte, et de plus de 2.500 gravures dans le texte. *Paris, Quantin, s. d.*, 4 vol. in-4, br., couv.

33 — **Hennique** (Léon). La Mort du Duc d'Enghien, en trois tableaux. Compositions de Julien Le Blant, eaux-fortes de Louis Muller. *Paris, E. Testard*, 1895, in-8 raisin, br., couv. illust.

> De la Collection des Dix.
> Tirage à 300 exemplaires numérotés (n° 39).
> Exemplaire sur **papier de Chine**, contenant le tirage à part sur Chine, des illustrations du texte et une quadruple suite des eaux-fortes.

34 — **Heredia** (José-Maria de). Les Trophées (poésies). *Paris, Lemerre*, 1893, in-8 écu, pap. vél., titre r. et n., br.

> Edition originale, avec la couverture.

35 — **Hugo** (Victor). Ruy Blas, drame en cinq actes. Un portrait et quinze compositions de Adrien Moreau, gravées à l'eau-forte par Champollion. *Paris, L. Conquet*, 1889, gr. in-8, br., couv.

> Exemplaire sur grand papier vélin du Marais (n° 2), avec les eaux-fortes en 3 états, dont l'eau-forte pure.

36 — **Hugo** (Victor). Hernani, drame en cinq actes. Un portrait de Devéria et quinze compositions de Michelena, gravées à l'eau-forte par Boisson. *Paris, L. Conquet*, 1890, gr. in-8, br., couv.

> Exemplaire sur grand papier vélin du Marais (n° 2), avec les eaux-fortes en 3 états, dont l'eau-forte pure.

37 — **Hugo** (Victor). Hernani. Publié par L. Conquet. — *Album*, in-4, cart. dos et coins de mar. bleu (*Carayon*).

> Contenant 127 ÉPREUVES, DE GRAVEUR, dans tous les états, dont les bons à tirer.
> Exemplaire provenant de la Bibliothèque de L. Conquet, avec son *ex-libris*.

38 — **La Fontaine**. Fables choisies, mises en vers par J. de La Fontaine. *Paris, Desaint, Saillant et Durand*, 1755-1759, 4 vol. in-fol., fig., mar. rouge, dos ornés, 3 fil. sur les plats, tr. dor. (*Rel. anc.*).

> 1 frontispice par Oudry, terminé par Dupuis et gravé par Cochin, 1 portrait d'Oudry, d'après Largillière. gravé par Tardieu, et 275 figures par Oudry.
> Bel exemplaire sur grand papier.
> Premier tirage avec la planche du Léopard avant l'inscription.

39 — **Lamartine**. Œuvres complètes, publiées et inédites. *Paris, chez l'auteur*, 1860-63, 40 vol. gr. in-8, demi-rel. chag vert, dos ornés, plats toile.

> Envoi autographe signé de l'auteur.

40 — **Le Braz** (Anatole). Croquis de Bretagne et d'ailleurs. Bois originaux de Tony-Beltrand. Préface de Roger Marx. Texte de Anatole Le Braz. *Paris, L. Conard*, 1903, gr. in-8, br., couv. illustr.

> Tiré à 120 exemplaires numérotés (n° 107).
> L'un des 100 sur **papier de Chine**.

41 — **Leconte de Lisle**. L'Apollonide, drame lyrique
en trois parties et cinq tableaux. Musique de Franz
Servais. *Paris, A. Lemerre*, 1888, in-4, pap. vergé
de Holl., br.

> Édition originale, avec la couverture.

42 — **Louys** (Pierre). La Femme et le Pantin. Illustrations de P. Roïg. Décoration de Riom. *Paris, L'Édition d'Art, H. Piazza et Cⁱᵉ*, 1903, pet. in-4°, br.,
couv. illustr. en coul.

> Tiré à 3oo exemplaires numérotés (n° 115).
> L'un des 26o sur papier vélin à la cuve des manufactures
> Blanchet et Kléber.

43 — **Masson** (Frédéric). Cavaliers de Napoléon. Illustrations d'après les tableaux et aquarelles de Edouard
Detaille. *Paris, Boussod Valadon et Cⁱᵉ, s. d.*, 1895,
in-4, br., couv.

> Exemplaire sur papier vélin. Planches imprimées en noir.
> Frontispice en couleurs.
> Rare.

44 — **Masson** (Frédéric). Joséphine, Impératrice et
Reine. Illustrations d'après des documents contemporains. *Paris, J. Boussod, Manzi, Joyant et Cⁱᵉ*,
1899, in-4, br., couv., étui.

> L'un des 15o exemplaires tirés sur **papier du Japon**
> (n° CXLVII), avec double suite des planches. Frontispice
> en couleurs.

45 — **Masson** (Frédéric). L'Impératrice Marie-Louise.
Illustrations d'après des documents contemporains.
Paris, Manzi, Joyant et Cⁱᵉ, 1902, in-4°, br., couv.,
étui.

> L'un des 15o exemplaires tirés sur **papier du Japon**
> (n° XCIX), avec double suite des planches. Frontispice en
> couleurs.

46 — **Masson** (Frédéric). Napoléon et son Fils. Illustrations d'après les documents contemporains. *Paris,
Manzi, Joyant et Cⁱᵉ*, 1904, in-4, br., couv., étui.

> L'un des 130 exemplaires tirés sur **papier du Japon**
> (n° XCVIII), avec double suite des planches. Deux planches
> fac-similé en couleurs.

47 — **Maupassant** (Guy de). Œuvres complètes. *Paris,
L. Conard*, 1908, 12 vol. in-8 écu, pap. vergé, br.,
couv.

> Au Soleil. — Boule de suif. — Contes de la Bécasse. —
> Des Vers. — Mademoiselle Fifi. — Fort comme la Mort. —
> L'Inutile Beauté. — La Maison Tellier. — Miss Harriett.
> — Sur l'Eau. — Toine. — Une Vie.

48 — **Maupassant** (Guy de). Les Dimanches d'un Bourgeois de Paris, dessins de Géo-Dupuis, gravures sur
bois de Lemoine. *Paris, Librairie P. Ollendorff*, 1901,
in-8, br., couv. impr. en couleurs.

> Tiré à 125 exemplaires sur papier de luxe (n° 81).
> L'un des 70 sur **papier de Chine.**

49 — **Maupassant** (Guy de). Une Vie. Illustrations de
A. Leroux, gravures sur bois de G. Lemoine. *Paris,
Librairie Paul Ollendorff*, 1901, in-8, br., couv. illust.
en coul.

> L'un des 70 exemplaires sur **papier de Chine** (n° 72).

50 — **Montorgueil** (Georges). Paris dansant. Illustrations A. Willette, gravées en taille-douce et en couleurs par Vigna-Vigneron. *Paris, Théophile Belin*,
1898, gr. in-8, pap. vél. d'Arches, br., couv.

> Tirage unique à 200 exemplaires numérotés (n° 68), avec
> une double suite des figures hors texte tirées en bistre et le
> frontispice en trois états.

51 — **Montorgueil** (Georges). La Vie des Boulevards
Madeleine-Bastille. Texte par G. Montorgueil, 200

dessins en couleurs par Pierre Vidal. *Paris, Librairies-Imprimeries réunies, May et Motteroz*, 1896, gr. in-8, br., couv.

> L'un des 100 exemplaires tirés sur **papier du Japon,** pour la librairie L. Conquet (n° 87), avec la couverture en trois états.

52 — **Moreau** (Hégésippe). Le Myosotis. Petits contes et petits vers. Nouvelle édition illustrée de 134 compositions de Robaudi, gravées sur bois par Clément Bellenger, préface par A. Theuriet. *Paris, L. Conquet*, 1893, gr. in-8, br., couv.

> Tiré à 500 exemplaires numérotés (n° 267).
> L'un des 350 sur papier vélin du Marais.

53 — **Morin** (Louis). Carnavals Parisiens. — Bals des Quat-z-Arts. — Vache enragée. — Bals du Courrier. — Bœufs gras. — Cortège des Étudiants. — Cortège du Moulin Rouge. *Paris, Montgredien et Cie*, *s. d.*, in-12, en feuilles, couv. impr. en couleurs.

> Édition originale, avec la couverture.
> L'un des 100 exemplaires tirés sur **papier du Japon,** numérotés et signés par l'auteur (n° 44), avec 2 couvertures différentes.

54 — **Morin** (Louis). Les Dimanches Parisiens, notes d'un décadent. Quarante et une eaux-fortes originales de A. Lepère. *Paris, L. Conquet*, 1898, in-8, br., couv.

> Tirage unique à 250 exemplaires sur papier vélin du Marais (n° 163).

55 — **Musset** (Alfred de). Œuvres complètes. *Paris, A. Lemerre*, 1884-1895, 10 vol. in-4°, br., couv.

> L'un des 50 exemplaires tirés sur **papier du Japon** (n° 40).

56 — **Navsikaa**. Traduction de Leconte de Lisle. Compositions décoratives (en couleurs) par Gaston de

Latenay. *Paris, l'édition d'Art, **H**. Piazza et Cie,*
1899, in-4, br., couv. illust.

> L'un des 300 exemplaires tirés sur papier vélin des
> Vosges à la cuve (n° 298).

57 — **Nolhac** (Pierre de). Louis XV et Marie Leczinska.
Illustrations d'après les originaux contemporains.
*Paris, Manzi, Joyant et Cie*, 1900, in-4, br., couv.,
étui.

> Exemplaire sur **papier du Japon** (offert par l'auteur),
> contenant une double suite des planches. Frontispice en
> couleurs.

58 — **Nolhac** (Pierre de). Louis XV et Mme de Pompa-
dour. Illustrations d'après des documents contemporains. *Paris, Manzi, Joyant et Cie*, 1903, in-4, br.,
couv., étui.

> Exemplaire sur **papier du Japon** (offert par l'auteur),
> contenant une double suite des planches. Frontispice en
> couleurs.

59 — **Nolhac** (Pierre de). J.-N. Nattier, peintre de la
Cour de Louis XV. Illustrations d'après les documents contemporains. *Paris, Manzi, Joyant et Cie*,
1905, in-4, br., couv.

> Exemplaire sur papier de Rives. Planches imprimées en
> camaïeu sur Chine blanc contre-collé sur papier teinté.
> Quatre planches fac-similé en couleurs. *Très rare*.

60 — **Pottier** (André). Histoire de la faïence de Rouen.
Ouvrage posthume publié par les soins de MM. l'abbé
Colas, Gustave Gouellain et Raymond Bordeaux,
orné de 60 planches imprimées en couleurs et de
vignettes, d'après les dessins de Mlle Emilie Pottier.
Rouen, A. Le Brument, 1870, in-4, pap. vergé de
Holl, titre r. et n., br., couv.

61 — **Prévost** (l'Abbé). Histoire de Manon Lescaut, avec une Notice par Anatole France. *Paris, A. Lemerre*, 1878, pet. in-8, pap. vergé, titre r. et n., texte encadré d'un fil. r., mar. bleu, dos orné et mosaïqué, compart. de 7 fil. droits et entrelacés et au pointillé sur les plats, ornem. aux angles, dent. int., tête dor., non rog., couv., étui. (*Kauffmann-Petit*).

> Exemplaire, auquel on a ajouté : la suite de 9 eaux-fortes, d'après Gravelot et Pasquier, gravées par Louis Monziès, épreuves sur Hollande avant la lettre.

62 — **Prévost** (Marcel). L'Heureux Ménage. *Paris, A. Lemerre*, 1901, in-12, br.

> Édition originale, avec la couverture.
> L'un des 100 exemplaires tirés sur **papier de Hollande** (n° 95).

63 — **Prévost** (Marcel). Les Vierges fortes. Frédérique. — Léa. *Paris, A. Lemerre*, 1900, 2 vol. in-12, br.

> Éditions originales, avec les couvertures.
> L'un des 125 exemplaires tirés sur **papier de Hollande** (n° 75).

64 — **Rostand** (Edmond). Cyrano de Bergerac, drame en cinq actes. Illustré par MM. Besnard, Flameng, Alb. Laurens, Léandre, Adrien Moreau, Thévenot, gravé par Romagnol. *Paris, A. Magnier*, 1899, gr. in-8, br., couv. impr. en couleurs.

> L'un des 40 exemplaires tirés sur **Japon vieux** (n° 7), avec quatre états des bois, savoir :
> 1° État avant la retouche, tiré à la presse à bras sur papier de l'ouvrage ;
> 2° État sur Japon pelure tiré à la main par le graveur.
> 3° État avant la lettre et l'état avec la lettre.

65 — **Rousseau** (J.-J.). Les Confessions. Nouvelle édition illustrée de 96 compositions par Maurice Leloir,

gravées à l'eau-forte par les premiers artistes, préface de Jules Claretie. *Paris, H. Launette et Cie*, 1889, 2 vol. in-4, pap. vél., titre r. et n., br., couv. illust.

66 — **Staal-De Launay** (Mme de). Mémoires, avec une préface de Mme la baronne Double. Eaux-fortes par Ad. Lalauze. *Paris, A. Ferroud*, 1890, in-8, mar. rose, dos orné de 7 fil. droits et un pointillé, compart. de 12 fil. droits et entrelacés et un pointillé sur les plats, doublé de mar. vert, milieux dor., avec rose en mosaïque de mar. rouge, compart. de fil. droits et un pointillé, petite dent., formant encadrement, gardes en moire lilas, tête dor., non rog., couv., étui (*Cœur-devey*).

> L'un des 50 exemplaires tirés sur papier vélin de cuve (n° 50), avec deux états des eaux-fortes, *avant* la lettre et *avec* la lettre.

67 — **Tableaux historiques de la Révolution française**. Composés de 113 livraisons, texte par l'abbé Fauchet, Champfort. Guinguené et Pagès. *A Paris, chez Auber, imprimé par Didot l'ainé, an XIII de la République française*, 1804, livraison 1 à 67 avec les couvertures, en 7 vol. in-fol., demi-rel. veau marbre. (*Rel. de l'époque.*)

> Nombreuses gravures dessinées par Delvieux, Duplessis-Bertaux, Fragonard fils, Girardet, Prieur, etc., etc., gravées par Berthault, Choffart, Coiny, Desault, Girardet etc., etc.

68 — **Vigny** (Alfred de). Servitude et Grandeur militaires. Compositions de Albert Dawant, eaux-fortes de Louis Muller. *Paris, A. Magnier*, 1898, 2 vol. in-8, br., couv. illustr.

> De la Collection des Dix.
> Exemplaire tiré sur **papier de Chine**, avec 4 états des planches hors texte et 3 états des vignettes.

69 — **Zola** (Émile). La Curée. Compositions de Georges Jeanniot. *Paris, Charpentier et Fasquelle*, 1894, gr. in-8, br. couv. illustr.

70 — **Zola** (Émile). Les Quatre Évangiles. Fécondité. *Paris, G. Charpentier et Fasquelle*, 1899 2 vol. in-8, br.

> Édition originale, avec les couvertures.
> Exemplaire imprimé sur **papier de Hollande,**

71 — **Zola** (Emile). Les Quatre Evangiles. Travail. *Paris, Bibliothèque Charpentier, Eugène Fasquelle*, 1901, 2 vol. in-8, br.

> Edition originale, avec les couvertures.
> Exemplaire imprimé sur **papier de Hollande.**

72 — **Zola** (Emile). Les Quatre Evangiles. Vérité. *Paris, Bibliothèque Charpentier, Eugène Fasquelle*, 1903, 2 vol. in-8, br.

> Edition originale, avec la couverture.
> Exemplaire imprimé sur **papier de Hollande.**

ESTAMPES ANCIENNES
DU XVIIIᵉ SIÈCLE
ESTAMPES MODERNES. — DESSINS

ALIX (P.-M.)

73 — *Départ du Roi, le 20 mars 1815.*

— *Retour du Roi, le 8 juillet 1815.*

> Deux estampes faisant pendants.
> Très belles épreuves en noir. Marge.

74 — *Les Prisonniers de Guerre,* des puissances alliées passant dans Paris, escortés par la garde nationale, le 17 février 1814, sont accueillis par les habitants, qui leur offrent des secours.

> Très belle épreuve à l'aquatinte en noir. Marge rare.

ANONYME

75 — *Vue de la Prison du Temple.*

> Médaillon ovale in-4°, encadré d'une chaîne. Belle épreuve coloriée.

76 — *Prise de la Bastille.*

> Petit médaillon rond avec légende. Belle épreuve coloriée.

77 — *Vue de la Galerie de Bois, au Palais-Royal.*

> Curieuse et rare lithographie coloriée.
> Très belle épreuve avant la lettre. Marge.

78 — *Sujet gracieux.*

> Petite pièce ovale dans un encadrement avec tablette.
> Très belle épreuve sans aucune lettre. Marge.

AUDOUIN (Par et d'après P.)

79 — *M. Necker*, ministre d'Etat.

Très belle épreuve. Marge.

BANCE (Chez)

80 — *Prise de la Bastille* par les bourgeois et les braves gardes françaises de la bonne ville de Paris, le 14 juillet 1789.

Très belle épreuve à l'aquatinte. Marge.

BASSET (Chez)

81 — *Fête du 14 Juillet an IX.* Vue des trois théâtres construits aux Champs-Elysées dans le carré Marigny, sur lesquels on a célébré aussi la Fête du 1er Vendémiaire an X.

Superbe et rare épreuve en couleurs. Marge.

BAUDOIN (D'après P. A.)

82 — *Le Désir amoureux*, par Mixelle.

Très belle et rare épreuve avant toutes lettres, du premier état avant le changement. Marge.

83 — *Le Jardinier galant*, par Helman.

Très belle épreuve. Marge.

84 — *« Sa taille est ravissante... »*, par Le Beau.

Très belle épreuve. Petite marge.

85 — *« Jusques dans la moindre chose... »*, par Masquelier.

Superbe épreuve. Grande marge.

86 — *Les Soins tardifs*, par N. de Launay.

Très belle épreuve. Petite marge.

BEAUVARLET

87 — *Madame la comtesse du Barry en costume de chasse.*

Gracieux portrait ovale dans un encadrement avec tablette, d'après DROUAIS.
Superbe épreuve avec une très grande marge. Rare.

BERTHAULT

88 - *Vue du Champs de Mars, le 14 Juillet 1790*

Belle épreuve. Marge.

BOILLY (D'après L.)

89 — *Spectacle gratis*, lithographie par V. ADAN.

Belle épreuve coloriée. Marge.

90 — *Honny soit qui mal y pense*, par BONNEFOY.

Très belle épreuve avant la lettre. Marge.

BOREL (D'après)

91 — *L'Indiscret*, par DEQUEVAUVILLER.

Très belle et rare épreuve de tout premier état, à l'eau-forte pure non terminée, sans l'encadrement, sans aucune lettre; seulement A P D R tracées à la pointe au milieu de la marge du bas. Marge.

BOSIO (D'après)

92 — *Bal de l'Opéra.*

Très intéressante estampe pour l'histoire des mœurs et costumes sous l'Empire.
Superbe épreuve coloriée. Grande marge.

93 — *Le Logeur, ou les effets des vertus hospitalières de Paris.*

Estampe satirique sans nom de graveur.
Très belle épreuve en couleurs. Marge.

CALLOT (J.)

94 — *La Tour de Nesles.*

> Vues du Pont-Neuf et du Louvre.
> Deux épreuves sans marge.

CHEESMAN

95 — *Marie-Antoinette, reine de France.*

> Petit portrait ovale in-8°.
> Très belle épreuve en bistre. Marge.

COCHIN (D'après C. N.)

96 — *La Bataille de Fontenoy.*

> Charmante petite pièce in-4° en travers, par Soubeyran
> Très belle épreuve avant la lettre. Petite marge.

COURTRY (Ch.)

97 — *Jeune Femme à la guitare.*

> Eau-forte d'après Fragonard. Marge.

CRÉPY (Chez)

98 — *La Journée à jamais mémorable aux Français,* où Louis XVI, restaurateur de la liberté française, se rendit à l'Hôtel de Ville le 17 du mois de juillet 1789.

> Curieuse estampe à l'aquatinte, sans nom d'artiste.
> Très belle épreuve. Marge.

DARCIS

99 — *Les Incroyables. — Les Merveilleuses.*

> Deux pièces en travers faisant pendants, d'après Carle Vernet.
> Belle épreuve. Petite marge.

DEBUCOURT (Par et d'après L. P.)

100 — *Droits de l'Homme et du Citoyen.*

Très belle épreuve d'une estampe gravée à l'aquatinte, avec encadrement sur papier bleu. Rare.

101 — *Le Café ambulant.*

Rare épreuve avec toute sa marge.

102 — *Un Gourmand.*

Estampe ovale en travers.
Superbe épreuve imprimée en couleurs. Marge.

DEBUCOURT (L.-P.)

103 — *Chacun son tour. — Inutile précaution.*

Deux estampes faisant pendants, d'après CARLE VERNET.
Très belles épreuves en couleurs. Marge.

104 — *Route de Saint-Cloud*, d'après CARLE VERNET.

Très belle épreuve en couleurs. Marge.

105 — *Route de Poissy*, d'après CARLE VERNET.

Très belle épreuve en couleurs. Marge.

106 — *Route du Marché*, d'après CARLE VERNET.

Très belle épreuve en couleurs. Marge.

107 — *Les Chevaux de Bateau*, d'après CARLE VERNET.

Très belle épreuve en couleurs. Marge.

108 — *Le Chasseur*, d'après CARLE VERNET.

Superbe épreuve en manière noire avant toutes lettres.
Marge.

109 — *Louis XVIII*, d'après J. ISABEY.

Beau portrait à la manière du lavis.
Très belle épreuve portant le cachet d'ISABEY. Marge.

110 — *Réception de Mme la Duchesse de Berry par Sa Majesté Louis XVIII et la famille royale, à Fontainebleau, le 15 juin 1816.*

Grande estampe in-fol. en travers, d'après CARLE VERNET.
Superbe épreuve. Marge.

DEMACHY (D'après)

111 — *Érection de la statue de Louis XV, sur la place
du même nom*, par HEMERY.

Très belle épreuve avec la lettre tracée. Marge.

DESCOURTIS (C.)

112 — *Vue du Port Saint-Nicolas.*

Estampe in-fol. en travers, d'après DEMACHY.
Superbe épreuve en couleurs, avant toutes lettres. Sans
marge sur trois côtés.

DESRAIS (D'après)

113 — *Déclaration des droits de l'homme et du citoyen.*

Estampe gravée par BLANCHARD ; belle épreuve avec
marge.

DESSINS

114 — *Le Marchand d'esclaves.*

Dessin à la plume, par A. VERTRAY, d'après CHLERBOWSKI

115 — *Le Marchand de chevaux.*

Dessin au crayon noir, rehaussé de blanc, attribué à
CARLE VERNET. Encadré.

116 — *Cheval qu'on bouchonne au retour d'une course.*

Dessin au crayon noir, rehaussé de blanc, attribué à
CARLE VERNET. Encadré.

117 — *Vue de l'Église Saint-Eustache, à Paris, et Fontaine monumentale.*

Dessin à la plume et à l'aquerelle animé de nombreux
petits personnages, par H. TARAVAL.

(Collection A. Beurdeley, n° 260.)

118 — *La Charrette des condamnés : épisode de la Révolution.*

Dessin à la mine de plomb, attribué à DUPLESSIS-BERTAUX.

DUPLESSIS-BERTAUX

119 — *La Cour du Louvre, 1803.*

Épreuve à l'état d'eau-forte, avant la lettre. Marge.

120 - *Fête de la Vieillesse*, d'après P.-A. WILLE.

Superbe épreuve à l'état d'eau-forte pure, non terminée, avec les noms des artistes tracés à la pointe. Marge.

FICQUET

121 — *De la Mothe Fénelon. — De la Mothe Le Vayer.*

Deux petits portraits in-8, d'après VIVIEN et NANTEUIL. Marge.

122 — *La Fontaine*, fabuliste.

Petit portrait in-8, d'après H. RIGAUD. Très belle épreuve. Grande marge.

FRAGONARD (D'après H.)

123 — *Les Baisers.*

Deux estampes faisant pendants, gravées par MARCHAND. Très belles épreuves ; l'une d'elle a une très grande marge.

GAILLARD (Par et d'après F.)

124 — *Henri, comte de Chambord.*

Belle épreuve. Marge.

GARBIZZA (D'après)

125 — *Vue de Paris n° 6 :* vue du Pont-Neuf prise du pont des Arts.

— *Vue de Paris n° 9 :* vue du pont d'Austerlitz

Deux estampes en couleurs faisant pendants. Très belles épreuves. Marge.

GAUCHER (C.-E.)

126 — *Le Prince Henri de Prusse*, d'après COCHIN et HOUDON.

> Très belle épreuve du 1ᵉʳ état avant l'inscription sur le cadre. Marge.

127 — *A la Mémoire de J.-P. Le Bas.*

— *A.-P.-A. de Piis.*

> Deux petits portraits in-8° et in-18, d'après COCHIN et FRANÇOIS. Marge.

GAULTIER (L.)

128 — *Frontispice :* composition architecturale avec les statues allégoriques de Louis XIII et Henri IV ; au bas, le plan de la Ville de Paris.

> Très belle épreuve avant le texte. Marge.

GREUZE (D'après)

129 — *La Mère bien-aimée.*

> Estampe gravée par MASSARD.
> Très belle épreuve. Marge. Encadrée.

130 — *La Paix du ménage*, gravé à l'eau-forte, par J.-M. MOREAU LE JEUNE.

> Superbe épreuve du premier état, non terminée. Petite marge. Rare.

GUYOT (Chez)

131 — *La Fuite à dessein ou le Parjure Louis XVI.*

> Estampe relative à l'arrestation du Roi et de la Reine, à Varenne.
> Superbe épreuve en manière noire. Marge. Rare.

HELMAN

132 — *Entrée de M. Blanchard et du Chevalier Lepinard*,
à Lille, le 26 août 1785, d'après L. WATTEAU.

 Très belle épreuve. Marge.

133 — *La Quatorzième Expérience aérostatique de
M. Blanchard*, d'après L. WATTEAU.

 Très belle épreuve. Marge.

HUET (D'après J.-B.)

134 — *Ce qui est bon à prendre est bon à garder*, par
CHAPONNIER.

 Très belle épreuve avant la lettre. Toute marge.

JACQUEMART (J.)

135 — *Défilé des Populations lorraines devant la Famille
Impériale*, d'après E. MEISSONIER.

 Belle épreuve. Marge.

JANINET (F.)

136 — *Les Trois Grâces*, d'après PELLEGRINI.

 Superbe épreuve imprimée en couleurs, du premier état,
avant la lettre et avant les guirlandes. Marge.

137 — *Projet d'un Palais de Législature*. Dédié à l'Assemblée Nationale.

 D'après FLORENTIN GILBERT.
 Très belle épreuve. Marge.

138 — *Vue du Champ-de-Mars*, à l'instant où le Roi, les
Députés à l'Assemblée Nationale et les Fédérés réunis
y prononcent le serment civique, le 14 juillet 1790,
d'après MEUNIER.

 Très belle épreuve en couleurs. Marge.

JANINET (F.)

139 — *Le même sujet.*

> Autre estampe imprimée en bistre. Sans marge.

140 — *Vue de Paris : La Seine et le Pont Royal.*

> Estampe in-folio en travers, d'après DEMACHY. Superbe épreuve en couleurs, avant toutes lettres ; seulement les armes au milieu de la marge inférieure. L'épreuve porte au revers les signatures autographes des artistes. Marge.

141 — *Le Courtisan dans l'embarras*, d'après Mᵐᵉ HAUDEBOURT-LESCOT.

> Très belle épreuve en noir. Grande marge.

142 — *Louis XVIII le Désiré*, roi de France et de Navarre.

> Très belle épreuve en noir. Marge.

143 — *La Promenade du Jardin turc.*

> Grande estampe en travers, d'après J.-J. D. Bz.
> Superbe et très fraîche épreuve imprimée en couleurs. Marge.

LA FONTAINE (Contes de)

144 — *La Gageure des trois Commères*, d'après FRAGONARD.

> Vignette in-4°, de l'édition DIDOT. Épreuve avant la lettre. Marge.

145 — *La Clochette*, d'après FRAGONARD.

> Épreuve avant la lettre. Marge.

LAWREINCE (D'après N.)

146 — *Le Billet doux.*

— *Qu'en dit l'abbé?*

> Deux estampes faisant pendants, par N. DE LAUNAY.
> Superbes épreuves avec une très grande marge. Rares.

LECŒUR (?)

147 — *La Constitution française.*

Belle estampe allégorique, d'après SWEBACH.
Superbe épreuve imprimée en couleurs. Marge. Rare.

LESPINASSE (D'après le Chevalier de)

148 — *Vue intérieure de Paris : le Port au Blé.*

— *Vue intérieure de Paris : le Port Saint-Paul.*

— *Vue intérieure de Paris : le Pont-Neuf.*

Trois estampes in-fol. en travers, gravées par BERTHAULT.
Superbes épreuves avec marge.

LESPINASSE (De). — MOREAU (L.) et autres (D'après)

149 — Estampes tirées du *Voyage de M. de la Borde en France.* Vues de Paris, des environs de Paris et de la province.

Quinze pièces donnant vingt vues différentes, quelques-unes à l'état d'eau-forte et avant la lettre.

LEVACHEZ

150 — *Danse des Chiens.*

Grande estampe en travers, d'après CARLE VERNET.
Superbe épreuve imprimée en couleurs. Marge. Rare.

LOIZELET (E.)

151 — *Le Petit Coblentz*, d'après ISABEY.

Superbe épreuve en noir, avant toutes lettres, et la remarque. Toute marge.

152 — *La même estampe.*

Superbe épreuve coloriée avec la lettre. Toute marge.

MARILLIER (D'après C.-P.)

153 — *La Fermière.*

> Petite estampe en travers, par PONCE.
> Très belle épreuve. Marge.

MARTINET (Chez)

154 — *La Promenade de Longchamps.* An X, 1802.

> Très importante et intéressante estampe relative aux mœurs et costumes au commencement du XIXᵉ siècle.
> Superbe et rare épreuve coloriée avec une très grande marge.
>
> (*Vente O. de Béhague.*)

MEISSONIER (D'après E.)

155 — *1814.*

> Eau-forte, par JULES JACQUET.
> Très belle épreuve avant la lettre, signée du graveur, sur Japon.

MERYON (CH.)

156 — *Le Ministère de la Marine.*

> Épreuve à toute marge.

157 — *Le Grand Châtelet vers 1780.*

> Épreuve du deuxième état (L. D. 52) avant le ciel et avant le trait à droite. Marge.

158 — *Partie de la Cité vers la fin du XVIIᵉ siècle.*

> Très belle épreuve du sixième état (L. D. nᵒ 51), avec la première enseigne. Grande marge.

159 — *L'Abside de Notre-Dame de Paris.*

> Très belle épreuve du 6ᵉ état, avec le titre (L. D. nᵒ 38). Grande marge.

MEUNIER (D'après)

160 — *Le 14 Juillet 1790. Fédération des Français,* par GIRAUD LE JEUNE.

> Belle épreuve. Grande marge.

MONNET (D'après C.)

161 — *Ouverture des Etats-Généraux.* — *Assemblée nationale.*

> Deux estampes faisant pendants, gravées par Helman. Très belles épreuves. Marge.

MOREAU Le Jeune

162 — *Ouverture des Etats-Généraux* à Versailles, le 5 mai 1789.

> — *Constitution de l'Assemblée nationale.*

> Deux estampes faisant pendants, avec la lettre et la liste des députés.
> Belles épreuves. Marge.

163 — *Constitution de l'Assemblée nationale.*

> Epreuve avec les noms effacés. Marge.

164 — *Feu d'artifice* tiré sur la place de l'Hôtel-de-Ville, à Paris, pendant les fêtes, etc., etc., d'après P.-L. Moreau pour l'architecture.

> Superbe épreuve avant la lettre, seulement les noms des artistes et le fleuron aux armes de Paris. Marge.

MOREAU le Jeune (D'après J.-M.)

165 — *Répertoire*, gravé par Lempereur.

> Très belle épreuve du premier état avant la lettre. Marge.

NOEL (D'après)

166 — *Vue de Paris*, par F. Hegi. Prise de l'écluse de la Monnaie.

> Superbe épreuve en couleurs. Marge.

PERDOUX

167 — *Bonaparte et Joséphine à la Malmaison.*

> Belle épreuve avant la lettre. Marge.

RÉVOLUTION (Estampes sur la)

168 — *Arrestation de Louis XVI à Varennes. — Arrivée du roi à Paris en 1814.*

> Deux estampes dont une avant la lettre, à l'état d'eau-forte.

— *Journée du 25 juin 1791. — Pompe funèbre en l'honneur des martyrs du 10 août 1792. — Fusillade devant Saint-Roch.*

> Six pièces d'après MONNET, DUPLESSIS, BERTHAULT et autres. Marge.

SAINT-AUBIN (Par et d'après AUG. DE)

169 — *Anne-Sophie, marquise de* ***.

— *Louise-Émilie, baronne de* ***.

> Deux estampes faisant pendants. Marge.

SAVART (P.)

170 — *Louis de Bourbon* (2ᵉ du nom), *Prince de Condé,* d'après LE JUSTE.

> Très belle épreuve. Marge.

171 — *Antoinette de la Garde Deshoulières,* d'après E.-S. CHERON.

> Belle épreuve. Marge.

SICARDI (D'après)

172 — *Oh! che boccone!*

— *Come la trovate.*

> Deux estampes ovales faisant pendants, gravées par BURKE et COPIA.
> La seconde est avant la lettre.
> Très belles épreuves avec marge.

TURNER (Ch.)

173 — *Marie-Thérèse Charlotte*, de France, duchesse d'Angoulême, d'après HUET VILLIERS.

Très belle épreuve en manière noire. Marge.

VINKELES ET VAN DER MEER

174 — *Auditoire dans l'édifice de la Société Félix Meritis, à Amsterdam*, d'après BARBIERS et KUYPER.

Très belle épreuve coloriée. Marge.

VINKELES ET VRYDAG

175 — *Fêtes de l'Alliance*, à Amsterdam, le 16 mai 1795, d'après KUYPER.

Deux épreuves avant toutes lettres, l'une à l'état d'eau-forte non terminée ; l'autre avant toutes lettres, terminée et les trois médaillons dans la marge inférieure.
Superbes épreuves à grande marge. Rares.

176 — *Fêtes de la Liberté*, à Amsterdam, le 19 janvier 1795, d'après KUYPER.

Superbe épreuve du pendant de l'estampe précédente, avant toutes lettres, terminée et avec les trois médaillons dans la marge inférieure. Marge.

WATTEAU (D'après A.)

177 — « *Arlequin, Pierrot et Scapin...* »
— « *Coquette qui pour voir galans...* »

Deux pièces en travers, gravées par SURUGUE et THOMASSIN faisant pendants.
Très belles épreuves. Marge.

RED. :

19

graphicom

0 1 2 3 4 5 6 7 8 9 10

MIRE ISO N° 1
NF Z 43-007
AFNOR
Cedex 7 - 92080 PARIS-LA-DÉFENSE

BIBLIOTHEQUE NATIONALE DE FRANCE

****

CHATEAU DE SABLE

1996